KB142609

사랑의 시차

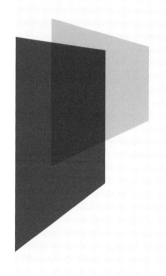

박일만 시집

서정시학 시인선 205

서정시학

섬에서 바라보면 모두가

그리움입니다

— 「동백 울타리」 중에서

시정시학 시인선 205

사랑의 시차

박일만 시집

서정시학

시인의 말

사람과 사람
관계를 생각했습니다.
이쪽과 저쪽을 이어주는
선은 무엇일까 떠올렸습니다.
바닷길이 열리는 곳으로 갔습니다.
섬과 뭍을 잇는 길
사람과 사람을 잇는 길
하루 두 번 긴 숨결이 나타나서
사람의 가슴을 보여줬습니다.
그곳을 향해 많은 날을 달려갔습니다.
수없이 달려서
지금 이곳에 당도했습니다.
섬과 뭍 사이에는
선천적 그리움이 잠겨있습니다.
섬에서 바라보면 모두가 그리움입니다.

2023년 가을
박일만

차례

2부 첫 몸

3부 섬

1부

간격
― 제부도 1

대부와 제부 잇는 길
섬과 뭍이 그리움을 밀고 당긴다

외진 몸과 몸이
하루 두 번 내미는 발은
기억을 위한 서로의 다짐인가

떠다니다 멈춘 저 부표는 아마도
모래톱이 일궈 논 기다림일 거야
갈라진 바닷길에 고인물이 빛난다

누구나 살면서 물결 하나 갖고 사는 거
누구나 살면서 말 한마디 묻고 사는 거

만남은 짧기만 하고
돌아보는 길의 뿌리는 늘 젖어있는데
젖어서 날마다 비워내고도 무엇이 있어
뭍으로 외발을 뻗는 섬이다
섬으로 외발을 뻗는 뭍이다

제부와 대부 잇는 길

앉는 법을 잊었는지

바닷새

오래도록 그림자만 길어져 간다

직선화법

― 제부도 2

반은 너의 쪽으로

반은 나의 쪽으로

밀물이 다가오면 줄을 그었습니다

줄긋는 일은 살아가는 일입니다

일정한 보폭으로 닿을 곳을 가늠한 후

직선으로 그어야 합니다

걷지 말고

내려다보지 말고

앞만 보고 내처 달려야 합니다

땅을 보고 그으면 줄은 외려 비틀댑니다

심장을 뚫어지게 쳐다보며 더 먼 곳에

마음을 정하고 한달음에 달려가야 합니다

사랑이 그렇습니다

사람이 그러합니다

뱀이 지나가듯 삐뚤빼뚤 가서는 안 됩니다

끝점을 쏘아보며

그의 심장을 향해 곧장 가야 합니다

직선도 사랑도 느리면 서로 어긋납니다

사람에게 다가가는 일
경계를 허물고 밀물을 뚫고 줄긋는 일입니다
살아가는 일이 대개
그렇습니다

서신 지나며
― 재부도 3

반송되어 온 편지처럼
잉크 번진 이정표 따라
신작로 꼬리를 밟으며 간다

모퉁이마다 나무들 활활 웃으며
환하게 가슴 뚫고 들어오는 날
주춤거리던 일상이 함께 따라와
바람을 심장 속으로 들인다

끝끝내 뿌리 뽑히지 않는
사람과 사람의 정이 저렇게 끈질긴 것일까
옆구리 허물어진 산마저도 물빛이다

속도가 속도를 당길 때마다 파고드는 해풍은
또 무슨 부름인지
이쪽 안부를 뱃머리에 실어 보내기도 하던 길인데

가던 길 멈춰선 흰 구름 떼가

길을 바꾸는 서신 지나면
자궁 같은 바다가 먼발치에서 호명한다

버섯 모양 집들이 바다를 향해 서서
저마다의 꿈을 담금질하는 시절,
당신을 본 날은 내 핏줄 더없이 푸르다

따라오는 손
― 제부도 4

붉은 손을 흔듭니다
잘 있는지

그녀의 안부 쪽에서 바람
궁금하게 불어오는 날은
따라오던 그 손 그대로인지

옹이 박혀 거친 내 손아귀에서
새끼 새처럼 많이도 어지러웠을

손바닥 사이로 난 여럿 갈래 길 위에서
갈 곳 몰라 신열에 콩닥거렸을

그때 그 손이 신작로에 서서
줄지어 줄지어 흔들어 댑니다

수없이 흔들며 따라옵니다

긴 시간 어지러이 건너와서도
빛깔을 잃지 않은 마음 따뜻하고요

오늘날 나 배경이 흐려
그녀의 숲이 되어 주지 못해
생이 갑자기 서러워지면
단풍잎 단풍잎 손이 궁금해집니다

참 잘 있는지
잘 살고 있는지

궁평리에 가면
— 제부도 5

가야 한다면 궁평리에

수평선에 목매달고 첨벙거리는 해를 봐야 한다면
어찌 혼자서만 가겠는가

바닷가 숲속 다복솔을 바람이 더듬듯
온몸에 솜털 돋아나는 그때의
짠 추억이라도 지니고 갈 일이지

궁평리!
그 큰 엉덩이를 봐야 한다면 정녕
잠기는 저녁 해를 건져내서
두 팔 벌려 안아보는 연습이라도 해야 한다면
그림자 길게 출렁이는 그때뿐이겠는가

물 냄새를 부리 끝에 매달고
하늘 가운데로 몸 담그는 바닷새가 있고
바람이 외려 허리 휜 나무를 일으켜 세우는
그때에도 가 볼 일이지

고요함이 소리를 더 크게 키운다던가
소란을 머금고 파도의 뼈가 웃자라
흰 꽃무더기로 달려올 것이네

초병처럼 완전 군장을 하고 언제나
모래벌의 뒷배경으로 남는 해송군락
근무 교대도 까맣게 잊은 채
하루치의 피곤으로 발효되는 궁평리

황혼이 일품이라는 그곳에 가면
젖은 추억이 내 앞으로 달려와 엎어지고
제부도로 귀소하는 새들도
푸른 하늘로 점자처럼 날아오를 것이네

해독하는 나는 언제나 눈멀어도 좋을 것이네

전곡항
― 제부도 6

끝내 한 몸이 되지 못하여
섬을 바라보는 눈은 물빛이다

수없이 들고나는 파도에 뺨을 맞아
푸른 이끼로 무성해진 살갗

파도가 방파제 근처에 와 쓰러지며
흰 살점을 쏟아 놓는다

발목을 물속 깊이 내맡긴 뭇 배들
휘파람이나 불면서 출항을 점치고

휘어진 등뼈 펼 날 없이 바라보는
바다 멀리
파랗게 갇힌 섬을 가만히 품는다

제부 근처 물이 차오르는 날이면
더욱 키를 높여 섬을 굽어보는 포구
감싸 안을 그 무엇이 많기도 많은가 보다

해질 대로 해진 관절 속으로 잦아들며
새끼 물고기들 비로소 안심인

섬의 뼈가 물결 속으로
슬그머니 악수를 청해오는 포구

기다림은 언제나 멍빛이다

물결
― 제부도 7

바람처럼 오고 갑니다

그 물결 타고
먼저 가서 기다립니다

다가가는 일보다
기다리는 일이 더 가슴 뜁니다

더디게 오는
작은 뱃소리에도
심장은 바다를 향해 열리고

천천히 다가오는
당신 모습이
오히려 나를 엄습합니다

한층 더 비릿해진 심정으로
뒤 물결이 앞 물결을 밀고
앞물결이 뒷물결을 당기며

먼저 가서 기다리는 기쁨이
겹겹이 섬에 쌓입니다

바람처럼 오고
바람처럼 갑니다

푸른 경계
― 제부도 8

건널 수 없었네
그 선 자주 몸 바뀌어

너울에 이끌려 도착한 발걸음
외면한 채
저편에서 마음만 보내왔네

끊기지 마라!
탄력 잃은 수평선은 미련의 그물만
깁고

끝내 떠날 가슴을
오래 오래 안았던 억센 기억

깊이를 알 수 없는 섬의 생각이
물 위를 배회하던 바닷새를 꾸역꾸역
뱉어낼 때마다
작은 새는 날개에 온 힘을 주어야 했네

이쪽과 저쪽을 가늠하는 푸른빛이
마음을 켜드는 길

비켜 날아가는 새의 가슴에 새겨진
암초 같은 속앓이로는
끝내 이을 수 없었네
그 경계선

바닷물이 당도하여
새들의 여윈 그림자마저 지워 버렸네

멀고도 가깝게 팽팽해지는
당신과 나 사이의 푸른 선

새벽 바다
― 제부도 9

해는 멀었습니다

해가 오기 전 어둠이 먼저 다녀갔습니다

밤사이 수평선이 멀찌감치 물러났습니다

비늘 번쩍이는 갯벌,
갯골을 따라 당신을 찾아 나섰습니다

발자국은 밤새 지워지고 없었습니다

금방 도착할 것 같은 끝이
끝에 도착하자 또다시
끝없이 달아났습니다

당신은 흔적 없고
그렇게 해는 매일같이 늦었습니다

새벽은 빠르게 왔다 가고
당신은 멀었습니다

매바위
― 제부도 10

저 좋아하는 산을 버리고 바다를 택한 뜻 깊다
거친 물결에도 자세 한번 고쳐 앉지 않는다
바다에 나가 몇 해째 돌아오지 않던 지아비
물때에 맞춰 눈을 높여 기다리던 지어미
까치발을 하고 통! 통! 통! 뱃소리에 귀 기울이던 아이들은
차라리 새가 되고 싶었다
지천으로 흩어져 온몸으로 물 소식을 전해 듣는
갯 조개며 새끼 게들 데리고
천년을 기다리다 아랫도리 잘록하게 허물어졌다

폭풍오기 前
— 제부도 11

거대한 힘을 몰고 오는 중심이
섬을 짓누른다

허리에 감긴 사소한 일상에 지쳐
고깃배들 저마다 밧줄에 묶인 채
긴장된 표정이다

개펄 속 온갖 생각들은 수없이 구멍을 뚫었고
바람이 지나가자
진저리를 치며 비명을 질러 댄다

허리께부터 통증을 허물던 섬이
발목을 뻘 속 깊이 뻗어
미구에 닥쳐올 압력을 가늠해 본다

뭍으로
뭍으로 머리채를 푸는 나무들,
마음만 바빠지는 섬!

가위눌린 목숨들을 보듬어 안으며
바람보다 먼저 눈치가 웃자라는 섬!

바다보다 넉넉하게 근심을 펼쳐 보인다

먹구름이 먼저 눈으로 훑고 간
태풍 오기 전 바다

바다 한가운데 누운 섬은
밤을 새워도 언제나 뜬 눈에 익숙하다

포도
— 제부도 12

나무가 가난한 뼈를
둥글게 말아 지붕을 얹었다
손바닥을 죄다 들어 이엉을 엮었다
그늘 아래 햇빛을 모아 놓고
식구끼리 밥 먹고 살았다
서로 깍지 끼고 옹기종기 매달려
젖 빨고 이슬 내뿜으며
속에다 진한 몸 냄새 발효시키며
알알이 알알이 넝쿨 밑에 살았다
너와 내가 그랬다

바닷길

― 제부도 13

물이 들면 멀었다

물이 드는 길이 싫었다

너에게 닿는 마음조차 젖었다

혼자서 멀어졌다가 혼자서 가까워지는 길이다

물이 나면 가까웠다

물이 나는 길이 좋았다

2부

첫 몸
— 제부도 14

1

너에게 줄 수 있는 건 이것뿐이야! 몸을 열어 주는 섬은 늘 젖어있다 물결에 저며진 모래벌도 순결이다 길을 묻는 하얀 생각들이 끊임없이 밀려와 쓰다듬는 가슴은 패여만 가고, 깊이 숨겨둔 속살 다 보여주고도 목마른 나를 흔쾌히 받아주는 너, 겹겹이 날을 세운 파도가 섬 늑골에 와 자주 몸을 푼다

2

원시림이다 미지의 바다 숲인 너를 헛된 욕망이 맹렬히 점령한다 아무도 걷지 않은 속살을 근육 질긴 물결이 지나간다 갯벌도 부드러운 길을 내보인다

3

언덕 위 갈댓잎들 손을 흔든다 너의 몸이 열렸다 닫히며 나를 부른다 태풍이 오면 점점 낮아지던 너의 몸 위로 땀방울 몇 굴러떨어지고 이내 평화로워진다 철모르고 드나드는 내 몸을 받아 하루 두 번 순결을 열어 주는 속살, 젖지 않는 가슴은 없다

바다 산책

― 제부도 15

끊어진 선 이어 잡고 헤아려 보네
지상에서 허락된 시간

넋두리로나 소리 내는 파도를 타고
소스라치게 오르는 바닷새의 몸짓
우리의 못다 한 인연을 닮았네

스러져가는 기슭은
섬과 뭍의 간격을 키우고
늑골 근처에 삐어져 나온 뿌리는
그리움을 손질하고 있네

얼마나 더 아파해야 지울 수 있을지

내 머릿속 주연인 너를 퇴장시키기에는
우리
함께 걸어온 무대가 한없이 넓네

출렁이는 물결 속 물고기며 돌멩이들
심장을 깊이깊이 감춰두는 시간

시든 사랑이 자취를 바다에 묻고
이어졌던 선을 또다시
지우고 있네

섬매화
— 제부도 16

섬에 와 생각합니다
꽃은 왜 일찍 왔다 갔는지

오래도록 집을 비웠는데
빈 집에도 당신은 여전히 왔다 가고
돌담을 배경 삼아 향내를 피워댔겠지요

오래 바라본 바다는 여전히
생을 푸르게 하고
겹겹의 꽃잎 속에 눈물 담아냈겠지요

그때
우리가 앓던 현기증은 무엇이었는지
지금도 절벽을 뛰어내리듯
꽃잎이 지고, 지고 있습니다

섬에 와 생각합니다
당신은 왜
일찍 피었다 졌는지

풀꽃

― 제부도 17

빈자리를 채울 줄 안다

작은 몸과 몸 서로 부대껴가며
등 두들겨 줄 줄 알고
쓰러지는 어깨 받쳐 줄 줄 안다

한 줌도 안 되는 흙을 그러쥐고 있어도
한 숟갈도 안 되는 땅을 차지하고 있어도
펼쳐진 갯벌같이 넉넉한 마음속에
따뜻한 방 한 칸씩 들이고 산다

있는 것 다 내주어도
껴안을 것이 참 많은 몸들

발길 드문 빈자리에 살면서도
들판마다 언덕마다 등불을 지핀다

작은 몸들이라고

슬픔이다, 애처롭다 누가 말하는가
흐뭇한 모습 보며 바다가 외려 품 넓어진다

떠도는 바람에게 심지를 깊게 새겨주는
오랜 좌표들이다

찻잔
— 제부도 18

당신이 창가에 앉아 바다를 저으면
나는 파도가 되었다
기꺼이 파도가 되어 당신에게 달려갔다

당신의 입술이 내게 닿을 때마다
나는 조금씩 조금씩 몸을 비웠다

기울여 질 때마다
나는 당신의 마음을 훔치고 싶어
당신 몸속을 헤집고 들어가
외길을 그어 놓고 기다렸다

두 몸이 하나 된다는 거
바다는 또 그렇게 꼬인 매듭을 둥글게 풀어
입술을 젖게 했다

사랑은 늘
섬과 뭍 사이를 서성이며
우리를 마주 보게 했다

사랑에 빠질 때

― 제부도 19

천상에서 내려온 나비가
지상에 머물며 고요히
날개를 펄럭여 시간을 잠근다

지상에서 태어난 새가
이승의 다디단 눈물을 받아 마시고
천상으로 혼신을 다해 날아간다

빛이 전부인 별들이 눈멀 때
비로소 캄캄했던 궁륭이 열리는

당신과 나
망망한 우주에 노도 없는 돛배 띄우고
출렁이는 시절에 마냥 젖는다

사랑 1
— 제부도 20

물을 엎질렀다
티슈 한 장 덮었다
네가 나에게 포개졌다
내가 너에게 엎어졌다
수평선이 바다와 하늘을 당겨 쥐었다
모든 허물과 관용이
하나로 흡수됐다

사랑 2
― 제부도 21

사랑의 반죽만으로 익힌 콘크리트는
푸석거린다

미움의 돌멩이가 간간이 섞인 사랑이
더 단단하다

부드러운 갯벌 속에
조개들이 깃들어 사는 연유이다

깊이
— 제부도 22

고기 배들이 날마다
새벽에 떠나는 일을 반복합니다

긴 낮 동안
바다에 몸을 띄우고
물의 깊이를 건져 올립니다

떠나보낸 후
날마다 날마다 반복했습니다

아침에 눈 뜨자마자
바다로 나가
당신의 뜻 모를 속내만 건지며
한 계절을 기어이 살아냈습니다

차이
― 제부도 23

그러하지 못했습니다

바다에 나갔다가 돌아오는 동안
물이 들어오고 길이 지워지는 뜻을
헤아리지 못했습니다

생을 다 해 손을 잡았으나
사람의 마음은 고래였습니다

나타났다 순간적으로 사라지는
깊은 바다의 신기루였습니다

순간이 영원을 향해 희미하게 웃었습니다

막배는 늦도록 닿지 않았고
파도는 걸핏하면 내 멱살을 잡아 주저앉히는

그러하지 못했습니다

낮과 밤의 차이를

봄과 가을의 차이를

눈치채지 못했습니다, 그때는

비, 바다에 와서
― 제부도 24

비, 바다에 와 자꾸만

내가 너라며 네가 나라며 몸 바꾼다

바다의 귀뺨을 후려치며 비!

모르는 척 물인 척 출렁거린다

짜거나 싱겁거나

무겁거나 가볍거나

타고난 근원은 달라도

몸 부비며 뼈 섞으며 살다 보면

내가 너라며 네가 나라며 비!

바다에 와서 우겨댄다

높낮이를 영악하게 가늠할 줄 알아야

예사롭게 부리를 물 적실 줄 알아야

겨우 새우 똥 같은 먹이 한 줌 건질 수 있는

바닷새의 심장은 늘 위태로운데

위태로워 슬픈 빛인 부리도 비!

비에 젖고 바다에 젖어 떠나지 못하는데

때 묻은 구름 뚫고 하늘 뚫고 비!

바다에 상처로 꽂히며 뛰어든다

살다가 몸 다 마르고 나면
갯벌에서 함께 하얗게 죽자고 비!
제 생을 온통 바다에 던진다

떠도는 섬
— 제부도 25

우우 울부짖으며
매바위에 와 부서지는
바람의 근본을 본 적 있는가

뿌리 둔박한 몸통 속을 들여다보며
뼈를 더듬는 서늘한 속성을
마주친 적 있는가

정박하지 못해 흔들리는 밑둥,
너도 내게 뿌리내리지 못하는 부표였는데

파도는 물 깊은 곳에 섬을 지었다 부수며
모두가 믿음이라고 여겼던
등댓불마저 꺼 버렸는가

우리는 떠다니는 섬일 수밖에

수척한 어깨에 무거운 닻을 달고

온몸으로 폐곡선을 그으며
물 위를 망망히 돌고 도는 배

돌을 던져도 파문 일지 않는 너의 곁을
떠도는 나

몸 묶고 건너 갈 밧줄은 있는가
있는가

떠도는 바닷새

― 제부도 26

이름도 잊었다

남쪽 어느 섬에서나 먹힐 것 같은 차림새로

여기까지 왔다

물빛에 비춰볼 때마다 태생이 아득했다

먼 남쪽 섬에 식솔들 두고

밥벌이로 도회지 떠돌다 종내는 여기 왔다

시장기를 달래려고 뛰어드는 물속

얼굴 담글 때마다

까치발을 하고 키를 높여야 했다

떠밀리면 끝장인 세상까지 내몰려

고향에 가지 못하는 사내 하나

바닷가에서 외로운 옷을 걸치고

착하게 물질하고 있다

정신 줄 놓고는 시대의 먹구름 지날 수 없다

해종일 물밑에 발 담그고 서서

주린 배를 채우려는

남녘이 고향인 저 바닷새

낯선 땅에 날개 접고 뿌리 없이 살아간다

풍장
— 제부도 27

삶은
죽음으로부터 피었을까
죽음은
삶으로부터 지는 것일까

바람과 춤추며
햇볕과 몸 섞으며
속살 다 퍼 내주고도
혼자만의 뼈로 뒹구는 은밀함
참 한가롭지 않은가

껍질로 나부끼거나
관절로 쌓일지라도
게, 조개, 물고기였던
푸른 시절로 되돌아가기에는
햇볕이 너무 두껍습니다
아니 오히려 살갑습니다

삶은
죽음으로부터 피었을까
죽음은 또
삶으로부터 지는 것일까

3부

섬

― 제부도 28

달

하늘의 섬

사람

세상의 섬

꽃등대
— 제부도 29

섬 모퉁이 돌아가면 해당화
밝다

갯골을 따라 돌아오는 사람
낮불 밝혀 반긴다

어둠을 밝히는 등대는
밤배를 부르지만

한낮을 밝히는 꽃들은
낮등대

먼 바다에서
지친 어깨로 돌아오는 사람
비춘다

해당화 해당화 무리지어
환하게 탄다

해당화
— 제부도 30

내 사랑은
당신 품에서 죽는 것입니다

사월에는 벙글고
오월에는 피었습니다

유월에는 향기 날리고
칠월에는 꽃잎 날렸습니다

그리고
팔월에는 붉게 죽었습니다

죽어서 푸른 섬에 묻혔습니다

당신 사랑은
내 품에서 죽는 것이었습니다

동백 울타리
― 제부도 31

섬의 뼈인 양
나무끼리 붙어 살았습니다
낮이면 밤새가 깃을 접고
밤이면 밤새가 날아다녔습니다
울타리 안이었습니다
한 번도 섬 밖을 날아보지 못한 새는
섬 안에서 살았습니다
한 번도 섬 밖을 나가보지 못한 여자는
울타리처럼 속울음 참았습니다
새도
여자도
동백 숲에서 살았습니다, 붉게 울었습니다
꽃 떨군 죄로
동백도 섬을 떠나지 못했습니다

섬에서 바라보면 모두가
그리움입니다

커피
― 제부도 32

그리움은 쓴가
핏빛이어야 하는가
혀끝을 굴리며 생각한다

어느 생의 한이 무덤가로 뻗쳐
어둠 속에서 피어났다
생혈을 머금었다

떠난 사람보다
남겨진 사람의 눈물 맛이고
눈물 떨어져
땅속을 물들인 죄의 빛이다

맛이 쓰고
잠도 오지 않는 연유

밤낮으로 그리워한 맛
낮밤으로 그리워한 빛깔*

---

* 커피꽃의 꽃말은 '너의 아픔까지 사랑해'. 한 여자가 떠나간 남자를 그리워
하다 죽어서 무덤가에 피어났다고 함.

관심
― 제부도 33

잔잔한 수면에
봉돌을 던지자
물이 입을 열었다 닫는다

가느다란 줄에
눈을 달아 담그고
속마음을 읽어댄다

손끝에
솟아오를까 말까 망설이는
무게가 느껴진다

너의 가슴에
낚싯바늘을 던져 넣고
기다리던 힘을 닮았다

오랜 시간 동안
항문처럼 꽉 닫힌
물의 문을 응시하다가

그예

한 시절이 다 갔다

빛의 거리
― 제부도 34

섬과 뭍 사이가 푸르다
닿을 수 있는 거리일 것이나
멀다

눈으로는 지척일 수 있겠으나
사람과 사람 사이
만질 수 없는 거리가 있다
그 거리를 빛만이 건널 수 있겠다

푸른빛의 바다
거기에
그와 나의 꿈이 머리 풀었다

섬과 뭍
빛과 빛
넘실대는 역사가 푸른 물감 칠했다

섬이 뭍을 그리워하듯
사람들은 언제나 섬처럼 외롭다

서로를 옆구리에 거느리고 살듯

섬이 뭍을

뭍이 섬을

거느렸다

남과 여

― 제부도 35

섬에서 남자는 바람이고 여자는 물결입니다
섬에서 남자는 깃발이고 여자는 등대입니다

섬에서 여자는 술이고 남자는 빈 병입니다
섬에서 여자는 아침이고 남자는 저녁입니다

섬에서 남자는 여름이고 여자는 겨울입니다
섬에서 여자는 노이고 남자는 빈 배입니다

눈치 없이 바람은 불고
눈치 없이 배는 오고 가고
눈치 없이 계절은 왔다 가는데

섬에서 남자는 떠나고 여자는 남습니다
섬에서 여자는 떠나고 남자는 남습니다

예보
― 제부도 36

태풍은 온다는데
뭍으로 나간 사람은 오지 않는다

온종일
빨래들이 가슴을 쥐었다 편다

태풍은 온다는데
바다에 나간 사람은 오지 않는다

온종일
해당화 얼굴이 붉다 파래진다

안부 1
— 제부도 37

갯벌에 손바닥을 찍으면
지문이 되지요

모래벌에 발바닥을 찍으면
내력이 되지요

곧
어디론가 떠나갈 쪽배가 되지요

섬을 떠나
지금 어떠하신가
갈매기여!

안부 2
— 제부도 38

섬에 살며
섬에 속해버린 주소지와
바다에 살며
바다에 속해버린 물고기

갯벌에 살며
갯벌에 속해버린 조개와
네 속에 살며
너에게 속해버린 서툰 감정

소식을 전해주러 왔다가
소식을 반송해 가는 물결 속에서
살아내야 할 이유들이
싹을 틔우지요

여전히 잘 살고 있는가
갈매기여!

안부 3

— 제부도 39

마음 단속이 어려운 날에는
외려
하늘은 파랗고 바다는 붉지요

격정의 하루를 끝내고
저녁놀이
바다를 끌어당기며 속수무책 가라앉지요

이즈음
몸은 어떠신지, 신열은 없는지
살아가는 일이 늘 물 안에 갇히는 일이지요

지금
어디쯤 가시는가
오시는가
갈매기여!

안부 4
― 제부도 40

전화도 없고
마음마저 두절되는 날
비가 내리며
내 옆구리를 허물었어요

오랜 기다림에 젖어온
나의 살과 뼈는
낮은 곳으로
낮은 곳으로 흘러갔어요

뾰족했던 기다림도 누그러져
갯벌이 되고
모래벌이 되고

파문에 두려웠던 날도 가고
사는 일에 묻혀 안부도 잊었어요

잘 있으신가
나의 갈매기여!

안부 5
― 제부도 41

섬에서 나서 섬에서 살아온
섬사람들은 직립의 태생이지요

기다림을 온몸에 칠갑하고 살지요

소식은 늘 바람 뒤에 머물고
안부가 궁금한 나날 속에서
나는 무수히 별똥을 맞으며 살지요

마음만 자꾸 뭍으로 기울지요
기울다 웅크린 몸은 돌무덤이 되지요

한 번도 꽃피운 적 없는 갈대들이
대신 울어 주지요

안녕하신가
그대, 갈매기여!

4부

섬에 새긴 얼굴

— 제부도 42

비가 온다

사람 보내고 닫힌 섬,
섬을 두드리며 세차게 온다

가슴에, 얼굴에
온통 매질을 하며 쏟아진다

온 섬에
꽃문양으로 꽂히는 빗줄기

갯벌에, 모래벌에
꽃잎이 수없이 파문을 일으키자
사람 얼굴 피어난다

동그랗게 수만 평
밑그림을 그리는 빗줄기

섬을 열어젖히고
섬의 가슴팍에 대고
떠나간 사람 얼굴 새긴다

해안선

― 제부도 43

너의 몸이 내 쪽으로 기울면 바다가 넓어졌다
나의 몸이 네 쪽으로 기울면 육지가 넓어졌다

너의 숨결이 거칠어질수록 온몸에 물이 차오르고
나의 숨결이 거칠어질수록 온몸에 흙이 묻어나고

너는 바다
나는 육지

서로를 밀치고 당기는 사이
달아나지 않는 긴 선이 우리를 단단히 껴안았다

부재

— 제부도 44

당신이 없는 방에 와
한참을 살다 갑니다

세제 향이 꽃향기처럼 차 있고
빨래도 공중에 몸을 걸고 기다립니다

이곳에서 숨을 섞고
수저를 부딪쳐 가며 밥을 먹고
넘실대는 파란 시간을 함께 보냈지요

당신을 대신해
창가에 둔 화초가 빨간 꽃을 피우고
몸을 풀어 향기를 날려댑니다

안부가 궁금한 해풍이 날마다 창가에 와
머리를 갸웃대다 돌아가곤 합니다

수평선도 하루 두 번 목까지 차오르다
이내 가버리고

내 삶에 큰 방 하나가
덩그렇게 냄새를 피우고 있습니다

이렇게 빈 방에 돌아와 나는
깜깜한 섬이 되곤 합니다

남겨진 포도알
— 제부도 45

몸을 모으고
피를 나누고 있지요
햇빛의 검은 화석 혹은
승천하지 못한 상실감들,
이글거렸던 탐욕의 죄로
멍울져 있지요 새까맣게,
바다의 소금기를 걷어내고
땅 속 실한 힘을 밀어 올려
공중을 부풀리던 알들
이제는 수척해진 얼굴로
시간을 점치며 매달려 있지요
한때 피를 모으던 심장이
검붉게 멈춘 거지요
무성했던 시절이 남겨놓은 알갱이들,
계절과 한 몸이던 바다가
계절을 떨쳐내고 저 혼자 속으로 잠겼지요
핏덩어리로 맺힌 채
땅 속을 헤집고 싶어서인지

흔들리는 포도알

포도 몇 알

바닷가 코스모스

― 제부도 46

조개껍질을 주웠습니다
함께 목걸이를 꿰었습니다

모래톱 근처까지 밀려온 뻘 흙이
자꾸만 발목에 감겼습니다

유난히 키가 커서 흔들흔들 걷던
어릴 적 친구는
갯바람이 싫다며 도회지로 떠났습니다

끝내 돌아오지 않았습니다

낮게 날던 경비행기가
하늘의 전언을 보내왔을 뿐

사람들은 저마다 쓸쓸한 표정으로
바람을 맞고 바람처럼 살았습니다

갯내음이

친구의 몸 냄새처럼 깊숙이

깊숙이 스며들었습니다

저무는 포구
— 제부도 47

떠나보내고 맞아들인
속앓이도
아름다운 상처로 남는지 몰라
남아서 부표처럼 기억되는지 몰라

잊어야 할 상처
더 큰 닻에 덧나기 전에
버리자고, 버리자고
물빛 마음으로 털어내는 포구

가고 오는
타고난 습성으로
돌아올 사람 쉴 자리 비워 두었네

비릿한 상처 핥아주며
어깨 걸고 몸 걸친 작은 배들의
귀엣말
바다에 떠다닐 때쯤

오열 직전의 서녘 하늘에
마음 몇 조각 먼저 가서 닿으면

슬퍼지지 않는 것 없네
아무것도 없네

노을

― 제부도 48

바라보는 그대
어깨 너머로 출렁이던 바다
석양에 온몸 휩싸였다
한낮에 풀잎이 키워 온 꿈도
부질없는 바람이었는지
황혼이 오면 앉음새를 고치고
낯선 언어를 토해내는 섬,
섬의 눈물 빛이 저럴까
아랫도리 젖은 송전탑에 걸려
다시 도지는 가슴앓이는
희망과 절망이 살을 섞은 소리다
바다 속 여린 식솔들을 거두는 섬,
잠들 채비를 하느라
뒤척뒤척
울음 참는 법을 외운다
붉은 장막 속을 서성이다 잦아드는
바닷새의 부리도 저무는,
어슴푸레 통증 앓는 섬에 오면
그리움 오히려 환해진다

검은 꽃이 피었습니다
― 제부도 49

마음 들킬까봐
몸빛 바꿨습니다
큰물이 잔잔해져도
속앓이하며 살아가는 섬,
기슭마다 상처마다 한숨이 스며
저토록 검게 피었습니다
달빛 저물도록 피었습니다
흐를수록 빈 몸이 된다는 거
숨결은 더욱 무거워진다는 거
오가던 길을
물길이 막아선 후
기우는 몸을 끌고 언덕에 올라 보면
파도의 몸짓도, 바람의 영가도
수없이 혼절하며 허우적거립니다
깊이를 알 수 없는 물속에서
검은 꽃이 피었습니다
꺼이꺼이
시린 무릎으로 피었습니다

살곶이 무덤

― 제부도 50

도시에 나가
차에 깔려 죽어 묻혔습니다
그 해 남자는 붕붕거리는 시인이었고
학교에서 아이들과 성장통을 앓았습니다
태를 잘라 묻은 자리,
무덤가 풀들은 야멸차게 잘도 자랐으나
별들이 수없이 다녀간 후 빛이 바랬습니다
살았으면 잘 익은 중년이 되었을 머릿결입니다
언덕을 가꾸며 아이들과 시처럼 살고 싶다던 깃발은
해풍에 찢겨 나부낍니다
언젠가 한 번쯤은
사람들 가슴에 남는 시를 쓰고 싶다던 다짐이
바람처럼 바다를 떠돌다 와서
훌쩍 자란 풀숲을 가지런히 쓸어 올립니다
눈매가 시 같던 사내
몸집이 섬 같던 사내
줄에 묶인 배처럼 흔들리는 머리를 바다 쪽으로 두고
바람에 몸을 씻고 사는 섬 끝에 처연하게 누웠습니다

시동을 걸고 붕붕거리던 시에 치여 죽어 돌아와
바다를 일구며 바위처럼 살고 있습니다*

---

* 故 홍가윤 시인의 墓地·詩碑.

기다리며
― 제부도 51

멀찌감치
달아난 수평선
다가갈수록 멀어지는 선을 따라
갯벌 속 깊이 들어가 봅니다

그대와 나를 묶었던 선
서녘 해 아래로 쏟아지는
붉은 눈물로는 잡을 수 없습니다

기다립니다
바다를 떠나지 못하는 향내에 끌려 와
섬에서 비릿하게 한 시절을 살아냅니다

떠나간 사람 이제 어느 섬에서
잠을 청하는지
계절이 바뀔 때마다 눈발 날리고
내 몸을 온통
하얀 어둠으로 휘감고

밤이 오는 것도 잊고 섬 기슭에 서서
물때를 한없이 기다립니다

끈
— 제부도 52

수평선이
실눈을 마저 감고
잠을 청하는

섬 모퉁이로 조금씩 비껴 앉던 빛이
황혼 속으로 마저 잠기고 나면
길을 밝히다가 길을 거두는 집들

하나 둘 등불 *끄고*
마음도 *끄고*
돌아앉아 조용히 중얼댑니다

흔들려선 안되겠지요

꺼져가던 추억도 함께 물을 건너 와
빛을 먹는 밤을 닮아 갑니다

그래요 흔들려선 안되겠지요

나타났던 길이 오래도록 건디지 못하고
꼬리를 감추고 사라지는 시간부터
나는
그를 베고 잠드는 일 늘어갑니다

그를 베고
나는 사라집니다

제부도, 그때
— 제부도 53

너무 늦은 것은 아닐까
주춤대는 걸음을 물길이 막아선다
길은 물속으로 사라지고
삼켜버릴 듯 바다는 검푸르다

당신이 보이지 않아
다급하게 쓰러지는 파도가 외친다
깊이 모를 색깔로 사라진 길

비칠대는 인연이 자꾸만 등을 떠미는
섬 끝에서부터
어지럼증은 미로처럼 살아나고
넘실대는 물결에 몸 풀고 잠기는 바닷길

놓치지 않으리라
휘는 허리 물살에 풀고
힘주어 손잡던 그때를 놓치지 않으리라
물결이 뭍으로 검은 손을 펴고 다가와도

갯골로 따라오던 너의 눈빛
결코 놓치지 않으리라

넘겨도 넘겨도
끊이지 않는 페이지로 오는 파도를
읽어내다 지친 시선이 끝내 눈을 감는다

안 돼, 달아나지 마
물이 목까지 차오른 지금
돌아가기엔 우리 너무 늦은 것은 아닐까
아닐까

아! 제부도
— 제부도 54

물안개가 피어오르자
낮과 밤이 한 몸이 된다

바람을 안고
사라진 길을 찾아 나선다

어디로 간 것인가
어디로 갈 것인가 묻지 않아도
마음과 마음이 만나 길이 된다
섬이 된다

길을 삼키고 사는 바다
길을 품고 사는 섬

바다와 바다가 만나 슬퍼도
길과 길이 만나 기뻐도
함께 오가는 마음은 언제나 외로움을 탄다

뒷모습이 보이지 않을 때까지
서로의 가슴속에 난 길이
서로의 앞모습을 기억하게 하는 섬

길이 사라져도
길이 나타나도
하늘을 올려다보게 하는 섬

주고받던 목소리가 물 위에서 조용히
춤을 추는 섬

사랑의 시차
— 제부도 55

바다가 몸을 가르며
길을 냈다

언젠가
당신은 저 길을 따라왔고
다시
마음을 재촉하며 떠났다

물 나간 자리에서
돌멩이가
알몸을 드러내며 울었다
죄인처럼 혼자 눈물 흘렸다

섬과 뭍 끝자락에 서서
신호를 주고받던 깃발이
살아온 생을 나무라듯
나를 향해 나부꼈다

길은 비어있고
우리의 흔적은 지워졌고
빈자리가
저의 옆자리를 돌아보며 울었다

당신은 아침이었고
나는 저녁이었다

해안의 경계 미학과 그리움의 존재 방식

권성훈(문학평론가, 경기대 교수)

1.

> 기다림은 언제나 멍빛이다
> ─「전곡항」 중에서

섬은 바다에 떠 있는 것이 아니다. 섬은 현상적으로 지각했을 때 떠 있는 것처럼 보일 뿐, 섬은 스스로 부양할 수 없다. 이른바 지층 위에 채워진 바닷물로 인해 육지가 사방 수몰된 상태에서 섬이 출현한다. 바다에 둘러싸인 섬은 고립되어 나타나지만 여전히 섬은 바다 밑으로 연결되어 있다. 이 수면 위에서 섬이 육지와 만나는 것처럼 보이지만 사실 섬은 육지와 한 번도 떨어진 적이 없다. 그렇지만 바다에 섬이 부유하고 있다는 사실은 현시적인 것을 넘어 한없이 바다를 바라보는 섬만의 독특한 기다림의 미학을 갖게 한다.

마치 기다리지 않는 섬은 섬이 아닌 것처럼. 섬과 뭍이 "끝내 한 몸이 되지 못하여" 섬이 되어버린 것같이 "휘어진 등뼈 펼 날 없이 바라보는" 섬은 기다림을 표상하며 그리움으로 굳어 버린 것. 그렇게 망망대해에서 오지 않을 누군가를 기다리는 것같이 파도에 출렁이며 흔들리는 섬의 기다림은 언제나 '멍빛'으로 발광하는 것이다. 이때 '멍빛'은 상상이 구성한 아픔의 이미지다. 거기에 기다림의 고통과 그리움의 슬픔을 견인하는 기법으로 미학적 견딤이 있게 된다. 이것은 현상의 그리움을 빛나게 함으로써 현실 속 개체의 내적 고통을 극복하게 만드는 요소로 작용한다. 섬과 뭍 사이의 거리공간은 "이쪽과 저쪽을 이어주는"(「시인의 말」) '선'으로 "섬과 뭍을 잇는 길/사람과 사람을 잇는 길"이 아닐 수 없다. 따라서 바다에 섬이 있기에 이 섬이 바다를 구원하는 미화작용을 하면서 그리움의 감정을 투사시킬 수 있게 되는 것이다.

여기서 시인의 바다는 서정적 감각으로 구현된 자연이 복구적인 형태로 전개된다. 바다의 원형은 섬을 중심축으로 "반은 너의 쪽으로/반은 나의 쪽으로"(「직선화법」) 자르고 덧붙이며 투사하고 교차시키면서 나아간다. 이때 새겨진 문양들은 자연의 단순한 모방이 아니라 결핍된 존재 의식이 서정성으로 전이된 것. 즉 "사람에게 다가가는 일/경계를 허물고 밀물을 뚫고 줄긋는 일"임. 그러므로 끊어진 것들이 이어지고, 깨어진 것들이 복구되며, 뒤틀린 것들이 복원되는데, 이는 재현적 감각으로 통한다. 기억 속 추상적인 것들이 구상으로 되돌아오는 것을 의미한다. 바다의 섬과 섬이 현실의 안팎으로 이동하면서 자연적 한계를 뛰어넘어 새로운 섬의 의미로 구현되기도 하는 것이다.

이번 박일만 시인의 시집 『사랑의 시차』는 화성시에 있는 '제부도'를 중심으로 기존의 섬의 의미를 재구성하여 새로운 기의로 의미를 창출한다. 육지와 바다의 경계를 가진 섬은 실상 섬과 섬의 「간격」으로서, 이를테면 "대부와 제부 잇는 길/섬과 뭍이 그리움을 밀고 당긴다"라는 것이며, 서로 만나지 못하는 '외진 몸과 몸'을 이어주는 것은 그리움이다, 라는 지표를 설정해서, 이를 통해 그리움의 본성을 보여주는 것이라 할 수 있다.

말하자면, 존재의 그리움은 바다에서 바닥에 닿아 "하루 두 번 내미는 발"로써 '갈라진 바닷길'이라는 모세의 기적과 같은 친근한 거리감을 형성해 낸다는 뜻과 같은 셈이다. 갈라진 바닷길은 "누구나 살면서 물결 하나 갖고 사는 거/누구나 살면서 말 한마디 묻고 사는 거"로서 시인의 근원적 서정성을 감각화시키는 지각 작용인 것이다. 사실 자연 현상을 통해 인간 내부의 층위를 나타내는 것으로서 이는 시인의 축적된 사유와 응결된 감각이 팽창해서 온 것이라 볼 수 있다.

이것은 박일만 시인의 시편에서 '섬'이라는 자연을 응시하며 축조한 다양한 영역들의 세계가 유기적이고 다층적으로 구성되는 것인데, 이것은 보링거가 말한 것처럼 "인간이 자기 내부의 자연적인 유기적 성향에 일치하여 미학적 지각에 의해 생명력에 대한 내적 감정 즉, 활성화에 대한 내적 욕구로, 그러한 행복한 형식적 사건의 흐름에 방해받지 않고 흘러가도록 해 주는 형식적 과정"[1] 이라 할 수 있다. 이처럼 박일만 시인의 시편은 자연과 인간의 유기적 서정성을 관통하면서, 그리고 생명성에 집중하면서 발화시킨 결과물이라 말할 수 있다. 마치 바다가 섬에, 섬

---

[1] 빌헬름 보링거, 『추상과 감통』, 이종건 역, 경기대출판부, 2006, 64쪽.

이 바다에 방해받지 않듯이, 흘러가는 방식과 흐름을 세계로부터 온전하게 해제하고 명상을 하듯 시를 구성했다. 이러한 시적 명상은 섬을 모든 사물과 연결된 유기체로 여기면서 새로운 의미를 부여하는데, 그것은 내적이고 독립적인 것을 외부로 표출시키면서 '해안의 경계'가 시각적 이미지로 나타나게끔 하기도 하는 것이다.

2.

또한, 해안의 경계가 혼재되어있는 그의 시편들은 "젖어서 날마다 비워내고도 무엇이 있어"라며 비우고 또 한편으로는 채우는 존재의 운명을 담아내고 있다. 거기서 제부도는 바다를 비워내지만, 다시 바다로 충만한 섬이 되며 그것도 날마다 순환하면서 존재를 갱신하는데, 이는 박일만 시인의 시작詩作과 다르지 않다. 이 가운데 박일만 시인이 포착하는 것은 바로 섬을 중심으로 한 속도와 무게 그리고 크기라는 점이다. 요컨대 섬의 속도, 섬의 무게, 섬의 크기는 해안의 경계를 허물고 명시하는 형식미로서 시편 전체에 새로운 의미를 부여하는 키워드인 것이다.

이것은 분명 그의 섬 연작이 의미하는, 미학적 지각에

의한 생명성을 추출하는 과정일 것이다. 내적 감정의 활성화에 대한 외적 서정성의 촉발로서, 합쳐지고 녹여낸 결과로서, 시집 전반에 걸쳐 언어의 바다를 통해 수축과 팽창을 거듭하고 있다. 그럼으로써 섬의 「첫 몸」을 통해 "가슴은 패여만 가고, 깊이 숨겨둔 속살 다 보여주고도 목마른 나를 흔쾌히 받아주는 너"를 응시하며 "아무도 걷지 않은 속살"과 "근육 질긴 물결"을 만지며 "하루 두 번 순결을 열어 주는 속살"로 관점을 집중화시킨다.

건널 수 없었네
그 선 자주 몸 바뀌어

너울에 이끌려 도착한 발걸음
외면한 채
저편에서 마음만 보내왔네

끊기지 마라!
탄력 잃은 수평선은 미련의 그물만
깁고

끝내 떠날 가슴을
오래 오래 안았던 억센 기억

깊이를 알 수 없는 섬의 생각이

물 위를 배회하던 바닷새를 꾸역꾸역
뱉어낼 때마다
작은 새는 날개에 온 힘을 주어야 했네

이쪽과 저쪽을 가늠하는 푸른빛이
마음을 켜드는 길

비켜 날아가는 새의 가슴에 새겨진
암초 같은 속앓이로는
끝내 이을 수 없었네
그 경계선

바닷물이 당도하여
새들의 여윈 그림자마저 지워 버렸네

멀고도 가깝게 팽팽해지는
당신과 나 사이의 푸른 선

— 「푸른 경계」 전문

시인은 "깊이를 알 수 없는 섬의 생각"을 '언어의 그물'
로 끌어올리며 알 수 없는 깊이를 가늠해 내려고 한다. 여
기서 언어의 그물은 "멀고도 가깝게 팽팽해지는/당신과 나
사이의 푸른 선"으로 출렁이는 바다에서 출현하는데 "이쪽
과 저쪽을 가늠하는 푸른빛"의 시선을 가지고 있다. 이것

은 곧 '이쪽과 저쪽'이라는 바다를 사이에 두고 섬과 섬의 속도와 무게 그리고 크기를 측량하는 추상적 구도를 말한다.

섬의 속도는 갯벌에 새겨진 발자국같이 "금방 도착할 것 같은 끝이/끝에 도착하자 또다시/끝없이 달아"(「새벽 바다」)나는 끝도 없는 것이며, 섬의 무게는 "있는 것 다 내주어도 / 껴안을 것이 참 많은 몸들"(「풀꽃」)로 충만하다는 것이다. 게다가 섬의 크기는 누군가를 향해 "천년을 기다리다 아랫도리 잘록하게 허물어"(「매바위」) 진다는 진정성 있는 품을 소유한 넓은 삶을 의미한다. 이 같은 섬이 있기에 "슬픔이다, 애처롭다 누가 말하는가"(「풀꽃」) 라고 언표될 수 있으며, "흐뭇한 모습 보며 바다가 외려 품 넓어진다"라는 확장된 섬의 사유가 나타나는 것이다.

> 당신이 창가에 앉아 바다를 저으면
> 나는 파도가 되었다
> 기꺼이 파도가 되어 당신에게 달려갔다
>
> 당신의 입술이 내게 닿을 때마다
> 나는 조금씩 조금씩 몸을 비웠다
>
> 기울여 질 때마다

나는 당신의 마음을 훔치고 싶어
당신 몸속을 헤집고 들어가
외길을 그어 놓고 기다렸다

두 몸이 하나 된다는 거
바다는 또 그렇게 꼬인 매듭을 둥글게 풀어
입술을 젖게 했다

사랑은 늘
섬과 뭍 사이를 서성이며
우리를 마주 보게 했다

— 「찻잔」 전문

　　박일만 시인의 섬 형상화와 이미지 창출은 우선 자연스
럽고 고요한 가운데 속도로서 이루어진다. 속도는 섬이라
는 자연순환적 구조에 잠긴 채 다양한 의미를 나타내는 것
들이 내면으로 들어올 때 발생하며, 그것은 자연의 모방이
아닌 무형화와 탈공간이라는 양식을 결정하는 요소가 되
고 있다. "당신의 입술이 내게 닿을 때마다/나는 조금씩 조
금씩 몸을 비우는" 과정 속에서, "나는 당신의 마음을 훔치
고 싶어/당신 몸속을 헤집고 들어가"는 시간 속에서 반응
하는 섬의 속도를 알게 된다. 거기에다가 바다에서의 섬과
육지의 출현은 "두 몸이 하나 된다는 거"와 같은 속도에 의
미를 둔다. 이를테면 "사랑은 늘/섬과 뭍 사이를 서성이며

/우리를 마주 보게"하는 것처럼 안 올 것 같지만 불현듯 나타나 빠르게 결합하는 사랑의 속도와 같은 것이다.

　그것은 「사랑에 빠질 때」처럼 "천상에서 내려온 나비가/지상에 머물며 고요히/날개를 펄럭여 시간을" 잠그는 것처럼, 미처 느끼지 못한 사이에 사랑이 지나쳐간다거나 또는 "티슈 한 장"(「사랑 1」)과 같이 "네가 나에게 포개졌다/내가 너에게 엎어졌다"는 미세한 시간적 속도가 모든 허물을 사랑이라는 관용으로 승화된다는 '사랑의 속성'을 나타내기 때문이다. 이는 그만큼 제부도라는 섬이 "미움의 돌멩이가 간간이 섞인 사랑이 더 단단"(「사랑 2」)한 것처럼, "물이 들어오고 길이 지워지는 뜻을/헤아리지 못"(「차이」)할 정도의 속도로 "나타났다 순간적으로 사라지는/깊은 바다의 신기루"와 같다는 것이다.

　그만큼 섬의 속도는 '바다의 신기루'와 같이 불현듯 나타나는 것이며, 어쩌면 오지 않았을 것 같은 "뼈를 더듬는 서늘한 속성을"(「떠도는 섬」) 가진 속도로 이미 와 있을 수도 있다. 이는 때로 "삶은/죽음으로부터 피었을까/죽음은 또/삶으로부터 지는 것일까"(「풍장」)라는 삶과 죽음이 교차하는 양가적 근원성으로 나타나기도 한다.

3.

섬의 뼈인 양

나무끼리 붙어 살았습니다

낮이면 밤새가 깃을 접고

밤이면 밤새가 날아다녔습니다

울타리 안이었습니다

한 번도 섬 밖을 날아보지 못한 새는

섬 안에서 살았습니다

한 번도 섬 밖을 나가보지 못한 여자는

울타리처럼 속울음 참았습니다

새도

여자도

동백 숲에서 살았습니다, 붉게 울었습니다

꽃 떨군 죄로

동백도 섬을 떠나지 못했습니다

섬에서 바라보면 모두가

그리움입니다

　　　　　　　　　　　― 「동백 울타리」 전문

섬과 함께 살아온 사람들이 섬을 떠나지 못하는 이유는

그 섬의 중력 때문이다. 모든 것을 다 내어주는 섬은 어머니의 품속과 같이, 보이지는 않으나 안온한 울타리를 지니고 있으므로 그 안에서 자신을 맡기고 의지한다. 이것은 섬이 가지고 있는, 측량할 수 없는 어떤 무게로서 '섬의 뼈'가 곧 자신의 정신적·신체적 기관이며 "한 번도 섬 밖을 날아보지 못한 새"와 같이 '섬'이라는 '울타리 안'에서 살아가기에 "섬에서 바라보면 모두가/그리움"을 간직하게 된다는 것이다.

이 시는 '동백 숲'에 살고 있는 여자를 새에 비유하여 섬살이를 할 수밖에 없는 섬의 중력을 보여주고 있으며, 시편 「떠도는 바닷새」에서도 "고향에 가지 못하는 사내 하나/바닷가에서 외로운 옷을 걸치고/착하게 물질하고" 있는 사내를 새와 병치시켜 동일성을 추구한다. 그럼으로써 "남녘이 고향인 저 바닷새/낯선 땅에 날개 접고 뿌리 없이" 살고 있는 사내와 같은, 삶의 무게를 떨쳐내지 못하는 고단함을 섬의 중력을 통해 보여준다.

또한, 박일만 시인의 시에서 섬의 자장은 "밤낮으로 그리워한 맛"과 "낮밤으로 그리워한 빛깔"(「커피」)로 당기는 힘이자 중력으로서, "잔잔한 수면에"(「관심」) "물이 입을 열었다 닫는" 시간과 맞닿아 있다. 그것은 '낚시찌'와 같이

"솟아오를까 말까 망설이는/무게"로 섬을 응시하는 것인데, "가느다란 줄에" 매달려 있지만 그것만으로도 역력하게 시적 의미가 구현된다. 이 '가느다란 줄'이 어떠한 무게이든지 간에, 이 '줄'로서 섬의 의미를 충분히 견인할 수 있다 하겠는데, 이는 다른 작품 「남과 여」에서 구체적으로 그 모습을 볼 수 있다. 이를테면 '섬에서 남자는 바람이고 여자는 물결'이고, '섬에서 남자는 깃발이고 여자는 등대'이며, '섬에서 여자는 술이고 남자는 빈 병'이 그것이다. 거기에 '섬에서 여자는 아침이고 남자는 저녁'이고, '섬에서 남자는 여름이고 여자는 겨울'이며, '섬에서 여자는 노이고 남자는 빈 배'가 된다는 상징성이 존재한다고 하겠다.

이러한 상징적 이미지는 시적 존재에 대한 정치情致한 관찰을 통해 얻은 박일만식의 고도화되고 집적화된 표현과 깨달음이라 할 수 있을 것이다.

> 섬에 살며
> 섬에 속해버린 주소지와
> 바다에 살며
> 바다에 속해버린 물고기
>
> 갯벌에 살며
> 갯벌에 속해버린 조개와

네 속에 살며
너에게 속해버린 서툰 감정

소식을 전해주러 왔다가
소식을 반송해 가는 물결 속에서
살아내야 할 이유들이
싹을 틔우지요

여전히 잘 살고 있는가
갈매기여!

― 「안부 2」 전문

    사람은 각자가 지닌 삶의 무게가 있듯이 누구에게나 삶
의 중심이라 할 수 있는 주소지가 있다. 이 주소는 생활의
무대라는 의미를 품고 삶의 중앙에서 생애의 무게를 흡수
하는 작용을 한다. "바다에 살며/바다에 속해버린 물고기"
처럼, "갯벌에 살며/갯벌에 속해버린 조개와"같이 우리는
누구나 거기서 '살아내야 할 이유'가 반드시 존재한다는 점
을 느끼며 살아간다. "격정의 하루를 끝내고/저녁놀이/바
다를 끌어당기며 속수무책 가라앉"(「안부 3」)는 것 또한 무
게의 중심이 낮에서 밤으로 이동하는 자연현상과 "낮은 곳
으로/낮은 곳으로 흘러"(「안부 4」) 가는 현상을 한없이 받아
들이는 섬의 포용성이라 할 수 있는데, 이는 "뾰족했던 기

다림도 누그러져/갯벌이 되고/모래벌이 되고" 있다는 섬만의 존재 방식을 보여주고 있는 것이다.

아울러, 이 존재의 일상은 「안부」라는 5편의 동일한 시제에 각기 다른 번호, 각기 다른 부제를 붙인 작품을 통해서 지속 전개된다. 그것도 '갈매기'라는 개체를 통해 고유한 존재성을 짚어내는데, 이는 메신저 역할도 함께 하고 있다. 이를테면 각각의 마지막 연 "섬을 떠나/지금 어떠하신가/갈매기여!"(「안부 1」), "여전히 잘 살고 있는가/갈매기여!"(「안부 2」), "지금/어디쯤 가시는가/오시는가/갈매기여!"(「안부 3」), "잘 있으신가/나의 갈매기여!"(「안부 4」), "안녕하신가/그대, 갈매기여!"(「안부 5」)는 제부도를 의인화시켜 갈매기와 같이 찾아와 이내 떠나는 사람들을 기억하게 하면서 그들의 안위를 살피는 모습인 것이다. 그 사이 행간에서도 떠나간 갈매기, 돌아온 갈매기, 돌아갈 갈매기, 기다리는 갈매기, 이별하는 갈매기 등의 이미지를 소환해서 섬은 결국 한 개체로서, 그리움을 안고 세상을 살아가는 존재로서 자신을 기억하게 하고 있다.

4.

바다가 몸을 가르며
길을 냈다

언젠가
당신은 저 길을 따라왔고
다시
마음을 재촉하며 떠났다

물 나간 자리에서
돌멩이가
알몸을 드러내며 울었다
죄인처럼 혼자 눈물 흘렸다

섬과 뭍 끝자락에 서서
신호를 주고받던 깃발이
살아온 생을 나무라듯
나를 향해 나부꼈다

길은 비어있고
우리의 흔적은 지워졌고
빈자리가
저의 옆자리를 돌아보며 울었다

당신은 아침이었고
나는 저녁이었다

―「사랑의 시차」전문

시간에 의해 차이를 가지는 '시차'는 박일만 시인의 시 편에서 다양한 변화를 가져와 밀물과 썰물처럼 그 자리를 나타내고 있다. "바다가 몸을 가르며" 낸 '길'은 '썰물의 시차'로서 "물 나간 자리"를 확인하는 이른바 사랑의 크기를 측량하는 데 쓰인다. 그 사이에서 '알몸을 드러내며 울고 있는 돌멩이'는 떠나간 사랑이 미처 빠져나가지 못한 한계성을 가진 존재로 나타난다. 비록 "길은 비어있고/우리의 흔적은 지워졌고/빈자리가" 빈자리를 채우고는 있으나 이 것이 오히려 '아침'이 지나간 '저녁'의 자리로 대체되면서 존재의 상흔을 한층 더 깊이 인식하게 한다.

이처럼, 있던 것이 사라진 부재의 크기는 다른 시편「섬에 새긴 얼굴」에서도 "동그랗게 수만 평/밑그림을 그리는 빗줄기"로 나타나며, "섬을 열어젖히고/섬의 가슴팍에 대고/떠나간 사람 얼굴"로 확대되어 다가온다. 거기에 더해서「해안선」에서는 "너의 몸이 내 쪽으로 기울면 바다가 넓어졌다/나의 몸이 네 쪽으로 기울면 육지가 넓어졌다"라고 하며 대상에 대한 그만큼의 '사랑의 크기'를 측정하는 경계의 미학을 동원한다. 해서 급기야 "이내 가 버리고"(「부재」) 난 후에 "내 삶에 큰 방 하나가/덩그렇게 냄새를 피우고" 있는 운명이 되어버린 한 존재는 "빈 방에 돌아와 나는/깜깜한 섬이 되곤" 한다는 것이다. 여기서 '큰 방이자 빈

방'인 「남겨진 포도알」은 "공중을 부풀리던" 어떤 열망이었으나 "이제는 수척해진 얼굴로/시간을 점치며 매달려" 멍울져 있다는 상실감을 나타내는 표식인 것이다.

이상에서 살펴본 박일만 시인의 연작 시편들은 제부도라는 섬이 가진 속성인 외로움과 그리움에 시 의식이 완전하게 동화된 한 편의 드라마다. 이 가운데 펼쳐진 운명이나 숙명이 지닌 모습을 바다 가운데 떠 있는 섬을 통해 충분히 표출했다는 데에 창작의 의미를 둘 수 있겠다. 섬과 섬이, 섬과 육지가 바다 밑에서 만나고 있듯이 심연으로부터 육지를 길어 올리면서 그리움이 서로 밀고 당기고, 그와 같은 그리움의 영역에서 감각적으로 이동하는 기다림의 본성이 잘 구축되었다 하겠다.

이 시집은 박일만 시인이 오랫동안 제부도를 응시하면서 또는 체험하면서 긴밀한 언어로 길어 올린 연작 시편으로서, 자연과 인간에 대한 유기적인 관계와 서정성을 기록한 것이다. 그럼으로써 섬과 뭍, 바다와 섬, 인간과 인간, 인간과 바다, 인간과 섬이 가지는 유의미한 관계망으로 옹골차게 짜이면서 생명성에까지 닿게 된 결과물인 것이다. 이 생명성은 바로 '사랑의 시차' 앞에서 절망하지 않고, 주어진 상황을 잘 극복하려는 어떤 희망을 가진 그리움의 메

시지라고도 할 수 있다. 거기에다 박일만 시인의 이번 시집의 특징을 둘 수 있고, 제부도라는 섬의 공간이 '해안의 경계 미학'인 속도와 무게, 크기로 재구성되면서 '그리움의 존재 방식'을 감각적인 사유로 충분하게 표출했다는 데에 그 의의가 있다고 하겠다.

섬에서 바라보면 모두가
그리움입니다
—「동백 울타리」 중에서

박일만

전북 장수 육십령 출생.

한국방송통신대학교 국어국문학과, 법학과 졸업. 중앙대 예술대학원 문예창
작과정(詩) 수료.

2005년『현대시』로 등단.

시집『사람의 무늬』,『뿌리도 가끔 날고 싶다』,『뼈의 속도』,『살어리랏다』등.

제5회 송수권시문학상, 제6회 나혜석문학상 수상.

한국작가회의, 한국시인협회 회원.

서정시학 시인선 205

사랑의 시차

2023년 9월 20일 초판 1쇄 발행

지 은 이 · 박일만

펴 낸 이 · 최단아

편집교정 · 정우진

펴 낸 곳 · 도서출판 서정시학

인 쇄 소 · ㈜ 상지사

주 소 · 서울시 서초구 서초중앙로 18, 504호 (서초쌍용플래티넘)

전 화 · 02-928-7016

팩 스 · 02-922-7017

이 메 일 · lyricpoetics@gmail.com

출판등록 · 209-91-66271

ISBN 979-11-92580-16-6 03810

계좌번호: 국민 070101-04-072847 최단아(서정시학)

값 13,000원

* 이 책은 수원시와 수원문화재단의 문화예술창작지원금을 받아 발간하였습
니다.

 * 잘못된 책은 바꾸어 드립니다.

서정시학 시인선